windschief und glänzend

Mein Leben

LOGBUCH 1

Meinolf Wacker

navi4life

2., überarbeitete Auflage 2025
Verlag Neue Stadt GmbH, München
Text: Meinolf Wacker
Grafik & Layout: Berislav Župarić
Druck: wub-Druck GmbH, Rahden

ISBN: 978-3-7346-1322-7

Zu Fragen der Produktsicherheit:
www.neuestadt.com/de/produktsicherheit.html
verlag@neuestadt.com

9 783734 613227

Meinolf Wacker

windschief und glänzend

Mein Leben

LOGBUCH 1

Das Leben
kann nur rückblickend
verstanden werden.
Es muss aber vorausschauend
gelebt werden.
Søren Kierkegaard

Inhaltsverzeichnis

Ein Wort zuvor 6

Das Märchen vom Wunderknaben 8

Kapitel 1: Nimm dich und dein Leben in den Blick! 10

Kapitel 2: Erkenne dich selbst! 20

Am Bahnübergang – eine Erfahrung 30

Kapitel 3: Entdecke deine vielfältigen Beziehungen! 38

In den Bergen – eine Erfahrung 48

Schatztruhe – Worte über das Leben 56

Kapitel 4: Entscheide dich, glücklich zu sein! 60

Impuls 1: Gib deinen Träumen und Talenten eine Chance! 64

Impuls 2: Hab Mut, von deinem Leben groß zu denken! 74

Impuls 3: Übernimm Verantwortung für dein Leben! 86

Impuls 4: Finde eine Balance zwischen dir selbst und dem Wir! 100

Dein Leben - ein Meisterwerk! 116

Ein Wort zum Schluss: Lebe immer im Jetzt! 118

Danke 120

Kontakt 122

Ein Wort zuvor

Wir sind auf dem Weg. Ein Gespräch entwickelt sich. „Und irgendwann kommen dir dann die Fragen: Woher komme ich und wofür bin ich da!", höre ich sie sagen. Sie ist 16 Jahre alt. Sie erwartet sich Großes von ihrem Leben. „Und hast du schon deine Antwort gefunden?", frage ich. „Ich glaub' ja. Irgendwie bin ich auf der Welt, um glücklich zu werden!" Ich schaue in ihre Augen und spüre ihre tiefe Freude am Leben und ihre brennende Sehnsucht.

Um diese **Freude am Leben** geht's in diesem Buch. Es will dein persönliches Buch werden, dein Logbuch zum Leben. Es will dir helfen, die *Chance* deiner oft windschief erscheinenden Träume und deiner glänzenden Talente zu entdecken und den *Mut* aufzubringen, groß von deinem Leben zu denken. Du wirst ermutigt, *Verantwortung* für dein Leben zu übernehmen. Du wirst entdecken, wer für deinen Weg wichtig ist und wie du eine Balance finden kannst zwischen deinem „Ich" und dem oft weit verzweigten „Wir".

Die „Formel zum Leben“ ist einfach:

Chance ergreifen
\+ **Mut** aufbringen
\+ **Verantwortung** übernehmen
\+ **Balance** finden

= Freude am Leben

Diese Formel will täglich neu angewandt und gelebt werden. Dieses Logbuch lädt dich zu einer Entdeckungsreise in dein Leben ein. Wenn du magst, steck das Logbuch und dein Handy in deinen Rucksack und zieh los – irgendwohin, wo du allein bist. Geh an „deinen Ort“. Schlag das Logbuch auf. In den vier Kapiteln findest du Fragen, die in jedem Leben angeschaut und beantwortet werden wollen. Finde deine Antworten! Schreib sie in das Buch. Sollte dir der Platz in den Antwortkästen nicht ausreichen, verwende Post-it Notes. Die QR-Codes leiten dich zu Erfahrungen anderer Menschen, die von ihren Antworten erzählen. Lass sie nachklingen in dir. Nimm dir die Zeit, die du brauchst, denn es geht um deinen Weg und um dein Glücklich-Sein. Es geht um dein Dasein im großen Geheimnis des Lebens!

Und wenn du um Freund*innen weißt, die auch mit dem Logbuch unterwegs sind, dann wag einen Austausch über das, was dich bewegt. Möge dieses Buch **dein Buch** werden. Möge es dir helfen, vernetzt mit anderen deinen Weg zum Glück zu finden.

Meinolf Wacker

navi4life.de/01

Das Märchen vom Wunderknaben

Es war einmal ein Wunderknabe, der schon in jungen Jahren die Geheimnisse der ganzen Welt erkannt hatte. Er wohnte noch in seinem Elternhaus und wusste bereits über alles Bescheid. Von weither kamen Menschen, um ihn sprechen zu hören und seinen Rat einzuholen. Er war auch ein glänzender Redner und ließ schwierigsten Fragen die größten Worte angedeihen, manchmal auch die längsten. Man wusste nicht, woher er sie hatte, sie lagen ihm einfach im Mund. Sein Ruf ging in die ganze Welt hinaus, und bald wollte man überall aus seinem Wissen Nutzen ziehen.

So machte er sich auf die Wanderschaft und nahm sich vor, die ganze Welt, über die er immer schon gesprochen hatte, nun auch selbst zu erkunden. Doch kaum eine Stunde von zu Hause weg, kam er an einen Scheideweg, der ihn zwang, zwischen drei Richtungen zu wählen, denn nicht einmal ein Wunderkind kann verschiedene Wege zugleich gehen. Er ging geradeaus und musste dabei links ein Tal und rechts ein Tal ungesehen liegenlassen. Auch bei der nächsten Gabelung musste er auf Wege verzichten und ebenso bei der dritten und vierten … Immer enger wurde seine Spur. Und wenn er auf Dorfplätzen sprach, wurden seine Sätze immer kürzer. Seine Rede floss nicht mehr so frei wie einst; sie war belastet von der Unsicherheit über das weite Land, das für immer hinter ihm lag.

So ging er und wurde älter dabei, war schon längst kein Wunderknabe mehr, hatte tausende Wege auslassen müssen. Er setzte sich auf einen Stein und sprach zu sich: Ich habe immer nur verloren: an Boden, an Wissen, an Träumen. Ich bin mein Leben lang klein geworden. Jeder Schritt hat mich von etwas weggeführt. Besser, ich wäre zu Hause geblieben, wo ich alles wusste und hatte. Müde, wie er war, ging er aber dennoch den Weg zu Ende, den er begonnen hatte. Abzweigungen gab es jetzt keine mehr, nur eine Richtung war noch übrig und von allem Wissen und Reden ein einziges letztes Wort, für das der Atem noch reichte. Er sprach dieses Wort, das keiner hörte, und tat den letzten Schritt auf dem Weg. Da sah er sich um und voller Staunen nahm er wahr, dass er auf dem Gipfel eines hohen Berges stand. Der Boden, den er verlassen hatte, lag in Terrassen unter ihm. Er schaute über die ganze Welt, auch die verpassten Täler. Im Kleiner- und Ärmer-Werden war er ein Leben lang aufwärts gegangen.

navi4life.de/02

KAPITEL 1

Nimm dich und dein Leben in den Blick!

Irgendwann hast du als Kind begonnen,
„ich" zu sagen.

Du hast gespürt, dass du ein Mensch bist,
der anders ist als die anderen,
mit eigenen Bedürfnissen, Ideen,
Fähigkeiten, Träumen und Sehnsüchten.
Im Laufe deines Lebens wirst du dich
immer tiefer kennen- und entdecken lernen.
Ziel deines Lebens ist es, dass du am Ende
dankbaren Herzens sagen kannst:

Es war gut so!
Ich hab' gelebt!

Unsere Erde kreist schon seit
Milliarden Jahren um die Sonne.

Niemand hat sich ausgesucht,
auf dieser Erde geboren zu werden.
Auch du warst auf einmal da.

navi4life.de/03

Wann hast du diesen Planeten betreten?

Welchen Namen hat dir deine Familie gegeben?

Es gibt viele unterschiedliche Länder / Kulturen auf dieser Erde. In welches Land bist du hinein geboren und in welchem groß geworden?

Du bist eingewoben in die
Geschichte deiner Vorfahren.
Unzählige Generationen spiegeln sich
in deinem Erbgut wider.
Davon zeugt dein Aussehen!

Wenn du magst, klebe hier ein Foto von dir ein!

Die Menschheit ist in Bewegung.
Um uns herum sind viele Sprachen zu hören.
Wer Sprachen lernt, ist Brückenbauer!

An welchen Orten hast du schon gelebt?

Welche Sprache(n) sprichst du in deiner Familie?

In welche Sprachwelt willst du noch eintauchen?

Du hast dich und dein Leben in den Blick genommen!

Merkst du, dass du schon
mit einem tollen persönlichen
Starter-Paket unterwegs bist?

Mit diesem Schatz kannst du
unendlich viel erreichen!
Dafür darfst du dankbar sein!

Damit dein Leben großartig wird,
erkunde, mit welchen Eigenschaften
du ausgestattet bist!

KAPITEL 2

Erkenne dich selbst!

Schon vor mehr als 2500 Jahren
war der Spruch bei den alten Griechen bekannt:
ein weises Wort für alle,
die nach Wahrheit und Antworten
auf Lebensfragen suchen.

Tauch in dich ein, um dich
und die verborgenen Dynamiken
deiner Seele zu entdecken.

Wenn du allein sein willst,
um nachzudenken, um zu träumen,
um die Welt aus den Angeln zu heben …,

… wohin ziehst du dich dann zurück?
Was verbindet dich mit diesem Ort?

Was kommt dir dann in den Sinn?
(Erfahrungen, Menschen, Orte …)

Was hast du von diesen Menschen gelernt?

Das Leben hat dir eine Menge Talente und Fähigkeiten mitgegeben. Keiner kann alles, aber jeder / jede kann etwas (besonders gut).

Was kannst du gut? Welche Begabungen hast du in dir entdeckt?

Mit welchen Aufgaben kommen deine Mitschüler*innen gern zu dir, weil du das gut kannst?

Wofür hat dich in der letzten Zeit jemand gelobt?

Was finden andere toll an dir?
Bewundern sie dich vielleicht sogar für etwas?

Wen könntest du fragen, um zu erfahren,
was andere an dir schätzen?

navi4life.de/04

Am Bahnübergang

Ich war 16 Jahre alt und fühlte mich total niedergeschlagen. Zwei blaue Briefe waren gekommen, die Versetzung in die 10. Klasse der Realschule war gefährdet. Keine wirkliche Perspektive für meine Zukunft. Auch zu Hause war alles nur schwer zu ertragen. So konnte es nicht weitergehen! Ziemlich in mich gekehrt stand ich allein auf dem Weg zur Schule vor einem Bahnübergang. Die Schranken schloßen sich gerade vor mir – Mist! Ein Zug rauschte an mir vorbei, die Schranken hoben sich wieder, ich wollte weitergehen - und konnte es nicht! Was dann geschah, hatte ich noch nie erlebt. Etwas in mir sagte: „Dich, Martin, gibt es nur einmal! Du bist einzigartig! Dein Leben ist etwas ganz Großes und Wunderbares! Nimm es an und lebe es, so gut Du kannst!" Der Augenblick hatte etwas sehr Helles, Freundliches und irgendwie auch Göttliches. Mein Inneres war viel zu klein, das alles aufzunehmen.

Leben ist etwas unendlich Großes und Schönes und Einzigartiges! Ich selbst durfte und konnte etwas daraus machen – und ich wollte es auch.

Später lernte ich, dass solche Erfahrungen in dieser Lebensphase nicht selten sind – man nennt sie ‚Seinserfahrungen'. Sie sind wie Schlüssel, die man in ein Schloss steckt und herumdreht. Wandlung geschieht – etwas Unerwartetes tut sich auf – etwas, das mich ruft, mich lockt, das mich treibt, weiterzugehen und Neues zu entdecken …

Mein ganz eigenes Abenteuer - mein ganz eigener großer Weg!

Martin Reinert

Du hast viele Fragen
in Bezug auf dein Leben.
Du suchst Antworten im Internet.
Die Suchalgorithmen bringen nüchtern
errechnete Antworten.
Befragst du einen Menschen,
erzählt er dir von
seiner Erfahrung.

Welche Erfahrungen, die dir liebe Menschen anvertraut haben, bleiben für dich wichtig?

Manche Menschen haben eine Leitidee für ihr Leben. Sie kann eine echte Lebenshilfe sein.

In schwierigen Augenblicken erinnern sie sich an dieses Lebensmotto und machen sich fest daran.

navi4life.de/05

Welcher Impuls leitet dich durchs Leben?

Wer ist für dich Vorbild? Und was möchtest du von ihm / ihr lernen?

Du hast dich auf den Weg gemacht, dich selbst zu erkennen!

Merkst du, wie einmalig dein Leben ist?
Du bist ein Fingerabdruck der Menschheit,
den es kein zweites Mal gibt.

Dafür kannst du dankbar sein
und mächtig stolz!
Du bist ein Geschenk für viele!
Und andere sind Geschenk für dich!
Im Zusammenspiel mit den anderen
kommt deine Besonderheit
noch stärker heraus.

Bleib deshalb ein Original
und werde keine Kopie!

KAPITEL 3

Entdecke deine vielfältigen Beziehungen!

Du bist eingewoben in vielfältige Beziehungen.
Am Anfang deines Lebens standen deine Mutter und dein Vater.
Ohne sie wärest du nicht.
Du warst angewiesen auf sie.

Mithilfe vieler Menschen bist du bisher deinen Weg gegangen.
Jetzt gestaltest du dein Leben mehr und mehr eigenständig.

Mit vielen Menschen bist du auf dieser Erde unterwegs.
Sie ist uns anvertraut, um sie unseren Kindern
als bewohnbaren Planeten zu hinterlassen.

Dein Leben vollzieht sich zu großen
Teilen in deinem Alltag.
Es gibt vieles, was dir vorgegeben ist.
Anderes kannst du selbst entscheiden.

Wie läuft dein Alltag vom Aufstehen bis zum Schlafengehen ab?

Möchtest du daran etwas ändern?

Mit Blick auf deine Schule / deinen Ausbildungsplatz:
In welchen Bereichen liegen deine Stärken?

Jeden Tag begegnest du Menschen
– in der Familie, in der Schule, an der Uni, am Arbeitsplatz, in der Freizeit. Viele Menschen stellt dir das Leben ungefragt an die Seite. Freunde hingegen suchst du dir aus.

Was ist dir bei einer echten Freundschaft wichtig?

Was tust du, um Freundschaften lebendig zu halten?

Was findest du an anderen toll? Was bewunderst du an ihnen?

Die Goldene Regel besagt:
Was du nicht willst,
das man dir tu,
das füg auch
keinem andern zu.

Was erwartest du im Umgang mit anderen von ihnen?

Wie begegnest
du Menschen,
die nicht in deinen
Rahmen passen?

Als Unikat der Schöpfung bist du mit ihr verwoben.

„Lehrt eure Kinder, was wir unsere Kinder lehrten. Die Erde ist unsere Mutter. Was die Erde befällt, befällt auch die Söhne und Töchter der Erde. Denn das wissen wir: Die Erde gehört nicht dem Menschen – der Mensch gehört zur Erde. Alles ist miteinander verbunden“, lehrt uns eine indianische Weisheit.

Tier- und Umwelt sind bedroht. Jeder / jede kann seinen / ihren Teil zum Erhalt der Schöpfung tun. Was trägst du dazu bei?

In den Bergen

Ich war mit Freunden in den Bergen unterwegs. Wir hatten unsere Zelte in großer Höhe aufgeschlagen. Nachts wurde es bitterkalt. An Schlafen war für mich nicht zu denken. So schlich ich mich mit meinem Schlafsack aus dem Zelt und legte mich auf einen großen Stein. Über mir tat sich der unendliche Sternenhimmel auf – klar und hell. So viele Sterne in so einer Deutlichkeit hatte ich noch nie gesehen. Die Sterne waren zum Greifen nah. Plötzlich überkam mich ein tiefes Gefühl des Geborgen-Seins. Ich spürte mein Leben, mein Dasein, und ich verstand, ich war nicht allein. Ich fühlte mich von einem tiefen Urgrund getragen. Mir liefen Tränen der Rührung und ich spürte: Es ist gut, dass du da bist!

Meinolf Wacker

navi4life.de/06

Irgendwann hast du begonnen zu fragen: Woher komme ich? Und: Wohin gehe ich?

Du hast dich dir nicht ausgesucht.
Du bist dir aufgegeben.

Es gibt Augenblicke, in denen du dein Leben auf einmal in seiner Gesamtheit spürst. In vielen wird dann die Frage nach Gott wach.

Kennst du einen solchen Augenblick in deinem Leben,
in dem du die Einmaligkeit deines Daseins gespürt hast?

Wenn es Gott
wirklich gibt ...,
navi4life.de/07

... was hätte ich Ihm zu sagen?

Worum würde ich Ihn bitten?

Wofür würde ich Ihm danken?

**Nimm dir immer wieder Zeit,
um dich in das Geflecht deiner
vielfältigen Beziehungen zu stellen.**

Berühre deine Stirn
und denke an dein Woher, an den Urgrund, an Gott.

Berühre deinen Bauch
und denk an dich und deine Beziehung zu dir.

Berühre deine rechte Schulter
und denke an die, mit denen du als Mensch unterwegs bist.

Berühre deine linke Schulter
und denke an die Natur, in der du lebst.

Schatztruhe – Worte über das Leben

Das habe ich noch nie probiert!
Also krieg ich's hin!
Frei nach *Pippi Langstrumpf*

Auch aus Steinen, die einem in den Weg gelegt werden,
kann man Schönes bauen.
Johann Wolfgang von Goethe

Der größte Ruhm im Leben liegt nicht darin,
nie zu fallen, sondern jedes Mal wieder aufzustehen.
Nelson Mandela

Jeder ist ein Genie!
Aber wenn Du einen Fisch danach beurteilst,
ob er auf einen Baum klettern kann,
wird er sein ganzes Leben glauben,
dass er dumm ist.
Albert Einstein

Ich bin der Weg, die Wahrheit und das Leben!
Jesus von Nazareth

Ein Leben, das man hingibt,
damit die Welt vor uns und die nach uns
nicht dieselbe ist,
ein solches Leben wirkt Wunder.

Madeleine Delbrêl

Wer mit sich selbst in Frieden leben will,
muss sich so akzeptieren, wie er ist.

Selma Lagerlöf

Der Sprung muss immer ins Schwarze getan werden.
Auf klare Sicht zu warten, um springen zu können,
heißt, sich dazu verurteilen, ewig zu warten.
Madeleine Delbrêl

Das Glück ist schon da.
Es ist in uns.
Wir haben es nur vergessen
und müssen uns wieder daran erinnern.
Sokrates

Ich will, dass ihr das Leben habt
und es in Fülle habt!
Jesus von Nazareth

Bemühe dich nicht darum,
Erfolg zu haben,
sondern ein wertvoller Mensch zu sein!
Frei nach *Albert Einstein*

Was wäre das Leben,
hätten wir nicht den Mut,
etwas zu riskieren?
Vincent van Gogh

... und was sind deine Lieblingsworte?

KAPITEL 4

Entscheide dich, glücklich zu sein!

Zugvögel folgen im Herbst einem inneren Impuls
und machen sich auf unsichtbaren Fluglinien auf den Weg.
Dieses Kapitel bietet dir vier Impulse,
um dich auf den Weg zu machen,
deine Lebenslinie zu finden und so
– soweit es an einem selber liegt – glücklich zu werden.
Vieles ist dir in deinem Leben vorgegeben.
Darauf hast du nur wenig Einfluss.
Wie du aber damit umgehst und was du daraus machst,
liegt in deiner Hand!

So geht es in diesem Kapitel zunächst um deine Träume und Talente.
Es liegt an dir, sie wahrzunehmen und ihnen eine Chance zu geben.
Dein Leben ist kein Kinderspiel.
Es ist dir gegeben und damit auch auf-gegeben,
es ist Gabe und Aufgabe zugleich.
Vieles hilft dir zum Leben.
Es gibt aber auch Gewohnheiten, Umstände und Menschen,
die dich ausbremsen und daran hindern weiterzugehen.
Das musst du entdecken, um dich davon zu befreien
und das dich Stark-Machende zu wählen,
denn du trägst die Verantwortung für dein Leben.
So übernimmst du deine Lebens-Aufgabe.

Der menschliche Geist kennt keine Grenzen.
So konnte 1969 der erste Mensch seinen Fuß auf den Mond setzen.
Auch aus deinem Leben will Großes geboren werden.
Dafür braucht es Mut, von deinem Leben groß zu denken,
und Mut, wirklich aufzubrechen.

Du weißt ja, jeder Weg beginnt mit dem ersten Schritt.

Und dann gibt es Fragen, die dich über Raum und Zeit hinausführen.
Es sind die Fragen nach dem großen Geheimnis des Lebens.
Woher komme ich? Wohin gehe ich?
Wie finde ich einen Sinn, ja, meinen Sinn im Leben?
Diese Fragen wirst du nicht am Schreibtisch beantworten können.

Vielmehr musst du dein Leben vollziehen,
du musst es tun im Geheimnis der großen Gegenwart
und so deine Antwort finden
in der Balance zwischen dir und deinen Mitmenschen.

Gib deinen Träumen und Talenten eine Chance!

Deine Träume erzählen von deinen tiefen Wünschen und Sehnsüchten.
Sie sind wichtige Wegweiser in deinem Leben.
Sie bringen Bilder ans Licht, die deiner Seele entspringen
und deinem Leben Sinn und Richtung geben können.
Damit deine Träume Wirklichkeit werden können,
musst du die Talente einsetzen, die dir für dein Leben mitgegeben sind.
Träume sind wie innere Skizzen, die du mit deinen angeborenen und
erlernten Fähigkeiten im Leben in Meisterwerke umsetzen kannst.
Die weisen Männer aus dem Morgenland haben vor Tausenden von
Jahren ihren Träumen getraut und sich von ihnen leiten lassen.
Sie sind aufgebrochen und haben dann auf dem Weg
den Stern für ihr Leben entdeckt. Träume drängen zum Aufbruch.

Den Stern entdeckst du, wenn du losgehst!

navi4life.de/08

Ich bin nämlich eigentlich ganz anders,
aber ich komme nur so selten dazu.

Ödön von Horváth

Wenn dein Leben ein Kinofilm wäre, wie würde er heißen?

Wenn du mit einem Menschen sein Leben für einen Tag teilen könntest, wer wäre das und warum?

Wenn man ein Haus baut,
gräbt man in die Tiefe
und legt ein solides Fundament.
Nur ein Einfaltspinsel würde sagen,
dass das eine Geldverschwendung
wäre für etwas, das man nicht sehen kann.

Papst Franziskus

Wenn du über dein Leben nachdenkst,
welche Träume bewegen dich?

Was möchtest du in deinem Leben gern erreichen?

Welche konkreten Ziele ergeben sich daraus?

Wenn man nicht weiß,
welchen Hafen man ansteuert,
ist kein Wind günstig.

Seneca

Welche Meilensteine gilt es auf diesem Weg zu erreichen?
- im nächsten Monat?

- im nächsten Jahr?

Gib deinen Träumen und Talenten eine Chance!

„Alle Träume können wahr werden, wenn wir den Mut haben, ihnen zu folgen!", hat uns der Trickfilmzeichner Walt Disney im Blick auf sein Leben als seine Erfahrung hinterlassen.

Lass deine Träume immer wieder in stillen Augenblicken
in deiner Seele aufleuchten.
Mach sie dir bewusst!

Entscheide dich, ihnen zu trauen, denn „die Zukunft gehört denen, die an die Wahrhaftigkeit ihrer Träume glauben" (Eleanor Roosevelt).

Setz dir immer neu konkrete Ziele, um an der Realisierung deiner Träume dranzubleiben.

Hab Mut, von deinem Leben groß zu denken!

Rom ist nicht an einem Tag erbaut worden.
Irgendwann haben Menschen begonnen, diese Stadt zu bauen.
Heute ist es eine Weltmetropole. Sie wächst und wächst.
Größe braucht den Mut, zu beginnen, und sie braucht Raum, sich zu entwickeln. Dein Leben birgt unendlich viele Möglichkeiten.
Du weißt noch nicht, wie es sich entwickeln wird,
wem du begegnen und wo du leben wirst.
Hab Mut, groß von deinem Leben zu denken.
Entdecke in den kleinen Entscheidungen
eines jeden Tages die Zukunft,
die sich darin anbahnt und aufbaut.

Hab Mut zum Leben!
In dir wächst ungeahnt Großes!

navi4life.de/09

Mut steht am Anfang des Handelns,
Glück am Ende.
Demokrit

Den Mutigen gehört die Welt! Erlebst du dich als mutig?
Schätze dich ein auf der Skala von 1 bis 5.

○ ○ ○ ○ ○

zögerlich mutig

Welche ermutigenden Worte sind dir schon mal gesagt worden und von wem?

Entscheidung bedeutet nie 100% Gewissheit!

Denen, die sich Jahr für Jahr
alle Türen offenhalten wollen,
denen fallen sie eine nach der andern zu!

Eine Lebensweisheit

Wie viel Gewissheit brauchst du, um dich bei wichtigen Fragen zu entscheiden?

○ 25 % ○ 50 % ○ 75 % ○ 90 % ○ 100 %

Viele Entscheidungen müssen mit einer Gewissheit von 60 bis 80 % getroffen werden. Bist du bereit, mit dieser „relativen Gewissheit" durch die Tür der Entscheidung zu gehen? Wenn nicht, warum nicht?

Welche Ängste bedrängen dich? Was belastet dich?

Was kann dir helfen, damit umzugehen und weiterzugehen?

Mit wem könntest du dazu mal das Gespräch suchen?
Überleg dir konkrete Schritte!

Was immer du tun kannst
oder wovon du träumst,
es zu können,
fang damit an!

Nach *Johann Wolfgang von Goethe*

Was würdest du gern mal ausprobieren?

navi4life.de/10

Was musst du tun, um das zu realisieren?

Beginne mit dem Notwendigen,
dann tue das Mögliche
und plötzlich wirst du das Unmögliche tun.
Franz von Assisi
navi4life.de/11

Welche Unterstützung wünschtest du dir,
um aus deinem Leben etwas Großes zu machen?

Wo könntest du solche Unterstützung finden?
Mit wem könntest du dazu mal das Gespräch suchen?

Denk groß von deinem Leben!

Dein Leben wird am Ende deiner Zeit
auf dieser Erde wie ein großartiges Gemälde sein.
Stell dir vor, du bist der Pinsel,
der im großen Geheimnis des Lebens
immer wieder in verschiedene Farben getaucht wird.
Mal sind sie hell und leuchtend,
mal dunkel und rabenschwarz.
All diese Farben gehören zur Buntheit
und Schönheit deines Lebens.
Irgendwann kommt für dich der Punkt,
an dem du das Gemälde als Ganzes sehen wirst.
Dann wirst du staunend entdecken,
wie jede Farbe im Zusammenspiel
mit den anderen ihre Bedeutung,
ihre Schönheit und ihren Wert hat.

Hab Mut,
damit du am Ende deines Lebens nicht bereust,
zu wenig gewagt, geliebt und gelebt zu haben.

navi4life.de/12

Übernimm Verantwortung für dein Leben!

Dein Leben ist wie ein Buch.
Es will von dir geschrieben werden.
Du hältst den Stift dazu in deiner Hand.
Dein Leben bietet dir viel positiven Stoff zum Schreiben.
Werde dir dessen bewusst.
Aber es gibt auch Gewohnheiten, Lebensumstände,
Schicksale und Menschen, die dich lähmen.
Das kann dich entmutigen,
es kann zu "Schreibblockaden"
in deinem Lebensbuch führen.
Es liegt in deiner Macht,
dich (langsam) davon zu befreien.
Beginn dein Leben zu schreiben.
Vergleiche dich nicht mit anderen,
denn dein Leben ist wie kein anderes.
Es duldet keinen Aufschub und keine Ausreden.
Das Buch deines Lebens wird einzigartig sein!
Schreibe es ganz persönlich, in deinem Stil,
mit deinen Ideen und mit deiner Fantasie.

Stell dich all dem, was das Leben dir zuspielt.
Übernimm Verantwortung für dein Leben.

Man muss nur wollen
und daran glauben,
dann wird es gelingen.

Ferdinand Graf von Zeppelin

Was ist dir schon mal so richtig gut gelungen?

Worauf bist du stolz im Rückblick auf die vergangene Zeit?

Sei du selbst die Veränderung,
die du dir wünschst für diese Welt.

Mahatma Gandhi

Was magst du nicht an dir?

Was möchtest du gern in deinem Leben verändern?

Nicht weil es schwer ist,
wagen wir es nicht,
sondern weil wir es nicht wagen,
ist es schwer.

Seneca

Niemand ist perfekt. Perfektion ist eine Illusion. Man kann immer etwas besser machen. Kannst du dich damit zufrieden geben, die Dinge ‚gut' zu machen, ohne den Anspruch ‚perfekt' zu sein? Schätze dich auf der Skala ein:

nichts muss perfekt sein				alles muss perfekt sein
○	○	○	○	○

Fehler gehören zum Leben! Wer keine Angst vor Fehlern hat, lernt viel! Was hast du aus Fehlern schon für dein Leben gelernt?

**Es ist besser,
unvollkommene Entscheidungen
durchzuführen, als ständig nach
vollkommenen Entscheidungen
zu suchen,
die es niemals geben wird.**

Charles de Gaulle

Welche Berufe faszinieren dich? Was ist dir wichtig in Bezug auf deine Berufswahl? Wo möchtest du möglicherweise mal ein Praktikum machen?

navi4life.de/13

Kannst du dich für Dinge entscheiden und sie dann auch wirklich tun? Wo hast du das schon mal geschafft? Wo fällt es dir schwer? Warum?

navi4life.de/14

Übernimm Verantwortung für dein Leben!

Tag für Tag begegnest du deinem Leben.
Du entdeckst neue faszinierende Möglichkeiten und stehst Unerwartetem gegenüber, du leidest unter Vorgegebenem, unter Begrenzungen und Misserfolgen und staunst über neue Entdeckungen und Perspektiven.
All das ist der Stoff für dein Lebensbuch.

„Was halte ich hier in der Hand?“, fragte ein junger Mann einen alten weisen Mann. „Einen Vogel“, erwiderte dieser. „Ganz richtig“, antwortete der jüngere, „aber ist er tot oder lebt er?“, fragte er weiter. Der Vogel lebte, aber würde der junge Mann fest seine Faust schließen, wäre er tot. Der Weise schaute den Fragenden lange an und antwortete: „Ob der Vogel lebendig oder tot ist, das liegt allein in deiner Hand!“ Ob dein Lebensbuch ansprechend, spannend und sinngebend wird, ob es von anderen gern gelesen wird, all das liegt in deiner Hand.
Trau dich täglich neu!

Hast du schon mal überlegt, Tagebuch zu schreiben?
Es kann dir helfen, über längere Zeitfenster hinweg Fortschritte in deinem Leben wahrzunehmen.

Finde eine Balance zwischen dir selbst und dem Wir!

Das Leben ist wie Fahrrad fahren;
Du musst lernen, die Balance zu halten.
Eine solche Balance braucht es auch
zwischen dir und deinen Mitmenschen,
damit dein Leben gelingt.

Um dieses Gleichgewicht zu lernen,
entdecke, was du für dein Leben wirklich brauchst –
an Zeiten des Allein-Seins und an Zeiten des Miteinanders.
Lebenskunst ist, Tag für Tag neu in ausgewogener Balance
im Geheimnis des Lebens zwischen dir und deinen Mitmenschen
auf dieser Erde unterwegs zu sein.

Wage im Beziehungsnetz deines Lebens
Ausgewogenheit zwischen Nähe und Distanz!

navi4life.de/15

Viele Menschen versäumen
das kleine Glück,
während sie auf das große
vergebens warten.

Pearl S. Buck

Wann bist du glücklich?

Was kannst du tun, damit du dein Glück bewahren kannst?

navi4life.de/16

Die Musik drückt das aus,
was nicht gesagt werden kann
und worüber zu schweigen unmöglich ist.

Victor Hugo

Welche Musik hörst du gern?

Was löst diese Musik bei dir aus?

Den Schmerz vertraut man nur dem Freund an,
das Glück teilt man mit jedem.

Otto Ludwig

navi4life.de/17

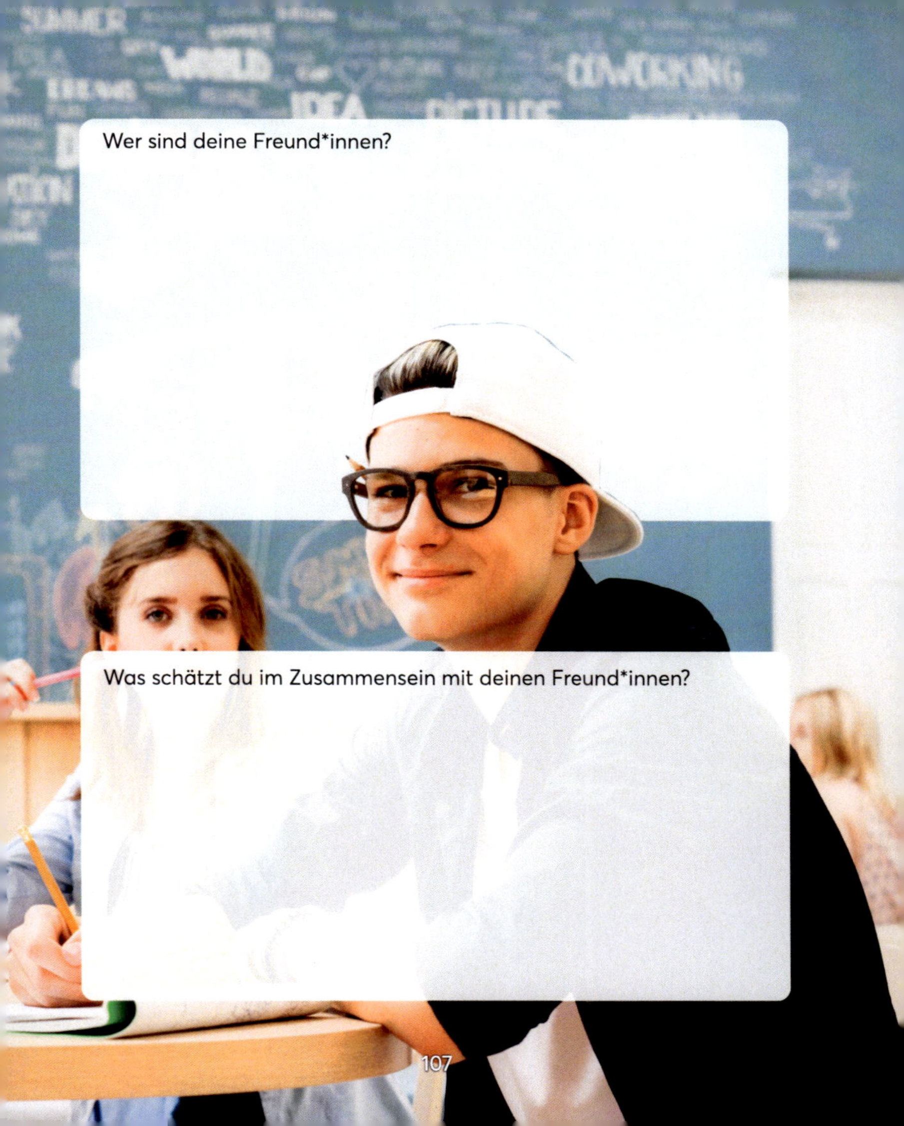

Wer sind deine Freund*innen?

Was schätzt du im Zusammensein mit deinen Freund*innen?

**Ein Freund ist ein Mensch,
vor dem man laut denken kann.**

Ralph Waldo Emerson

Das Netzwerk deiner Freund*innen ist ohne Kommunikation nicht möglich. Wie schätzt du dein Kommunikationsverhalten ein?

○ ○ ○ ○ ○

oberflächlich | mittelmäßig | verbindlich

Ohne Vertrauen gibt es keine echte Freundschaft. Wenn du etwas versprichst, stehst du zu deinem Wort?

○ ○ ○ ○ ○

selten | meistens | immer

Kannst du ein dir anvertrautes Geheimnis bewahren?

○ ○ ○ ○ ○

selten | meistens | immer

**Mensch sein
heißt verantwortlich sein.**

Antoine de Saint-Exupéry

Wer hofft auf dich und wer braucht dich?

Für wen trägst du mit deinem Leben Verantwortung (Geschwister, Großeltern, Nachbarn, Freund*innen, etc.)?

Je mehr man liebt,
umso tätiger wird man sein.

Vincent van Gogh

Teamgeist ist gefragt! Wo engagierst du dich für andere?

Finde eine Balance zwischen dir selbst und dem Wir!

„Brannte uns nicht das Herz?“, fragten sich zwei Freunde unter nächtlichem Sternenhimmel, nachdem sie sich voller Vertrauen viel Lastendes von der Seele geredet hatten.

Wie bei einem elektrischen Plus- und Minuspol hatte ihr Gespräch den Stromkreis zwischen ihnen geschlossen und den Strom zum Fließen gebracht. Aus zwei „Ichs“ war ein dynamisches „Wir“ entstanden. Dieses „Wir“ war mehr als zwei zufällig im Bus nebeneinander sitzende Personen. Es war Ausdruck gelebter Beziehung.

In lebendigem Austausch hatten
die beiden Freunde vieles neu verstanden.
„Ihnen waren Lichter aufgegangen.“
Hab Mut zum Allein-Sein.
Und hab Mut zum ehrlichen Miteinander!

Dein Leben – ein Meisterwerk!

„Ich habe einen Engel in einem Marmorsteinblock gesehen und so lange gemeißelt, bis ich ihn aus dem Stein befreit hatte." Dieses Wort wird dem berühmten Bildhauer und Baumeister Michelangelo zugesprochen.

Auch in dir steckt ein „Engel". Er will ans Licht kommen. Das ist ein lebenslanger arbeitsintensiver Prozess. Die vier Impulse, die du im letzten Kapitel gefunden hast, sind wie Werkzeuge, die dir helfen, mehr zu der Person zu werden, die du bist.

Befrag folglich dein Herz immer wieder nach deinen Träumen und hab Mut, Neues auszuprobieren. So wirst du vieles an dir entdecken, was du noch nicht kennst. Wenn du spürst, dass dir Dinge, Gewohnheiten und Menschen nicht guttun, versuch dich davon zu verabschieden. Was dir guttut und was du mal gern ausprobieren willst, dafür entscheide dich. So übernimmst du Verantwortung für dein Leben.

Auch die größte Eiche wächst aus einer kleinen Eichel, die in den Boden gelegt wird, hervor. Auch wenn du dich oft klein fühlst und vieles noch nicht kannst, hab den Mut, von deinem Leben groß zu denken. Es braucht wirklich die mutige Entscheidung, groß von dir zu denken! „Das habe ich vorher noch nicht versucht, also bin ich sicher, dass ich es schaffe," sagt die neunjährige Pippilotta Viktualia Rullgardina Krusmynta Efraimsdotter Långstrump, bei uns unter dem Namen Pippi Langstrumpf bekannt. Glaub an sich, denn in sir schlummert noch so viel Unentdecktes und Großartiges. Geh immer wieder an seinen Lieblingsort, um dort allein zu sein und dein Leben in Blick zu nehmen. Such dir Freund*innen und vielleicht auch ältere Weg-Begleiter*innen, mit denen du deine Ideen, Überlegungen, Fragen und Sorgen teilen kannst. Solche ehrlichen Gesprächsaugenblicke können zu Sternstunden in deinem Leben werden.

Wenn du mit diesen Impulsen
für dein Leben unterwegs
bleibst, wird dein Leben
gelingen.

Es wird ein Meisterwerk,
dein Meisterwerk.
Du wirst dich zu einem
Menschen entwickeln, von
dem mancher sagen wird:
„Du bist ein Engel für mich!"

Ein Wort zum Schluss: Leb immer im Jetzt!

Und was ist, wenn du das Leben als total schwer und die Chancen und Talente ungerecht verteilt erlebst?

In Afrika erzählen sich Menschen gern die Geschichte einer kleinen Palme, die mit vielen anderen Palmen am Rande des Meeres wuchs. Ein Spitzbub legte ihr eines Tages einen schweren Stein in die Krone und lief weg. Die Palme mühte sich mit allen Kräften, diesen Stein abzuschütteln. Sie wollte ihn los werden, um wie die anderen Palmen geradlinig in den Himmel zu wachsen. Aber es gelang ihr nicht, die Last wieder loszuwerden. So trieb sie ihre Wurzeln immer tiefer in die Erde, um besseren Halt zu finden und nicht unter der Last zusammenzubrechen.
Sie lernte, mit der Last zu leben.

Als in herbstlichen Tagen ein schwerer Sturm über das Meer fegte, wurden viele Palmen entwurzelt. Die Palme mit dem Stein in ihrer Krone aber hielt dem Sturm stand.

Neben aller Freude und neben allem Gelingen gibt es natürlich auch Schweres auf jedem Lebensweg. Es lässt sich oftmals nicht abschütteln. Den Kampf dagegen würdest du verlieren. Nimm solche „Lasten" als eine Einladung des Lebens. Sag ja zu ihnen. Versuch sie zu „umarmen" und in dein Lebenskonzept mit einzubauen. Lerne mit deiner Last zu leben. Entdecke sie als Sprungbrett, das dir helfen kann, höher zu springen und tiefer in das Geheimnis deines Lebens einzudringen. Dieser Weg wird dich stark machen und wachsen lassen.

Und noch ein Tipp. Wenn Tage kommen, in denen alles nur grau erscheint, und wenn du in Nächten aufwachst, in denen kein Stern zu leuchten scheint und du keinen Weg für dich mehr siehst, dann halte kurz an. Frag dich, für wen du in diesem Augenblick leben kannst. Für wen kannst du jetzt mit einer digitalen Nachricht, einem Anruf oder einer Karte… ein „Engel" sein? Tu den Schritt! Ganz konkret! Du wirst sehen, wie dich dieser kleine Schritt liebender Aufmerksamkeit rausholt aus deinem Schneckenhaus und dich wieder auf den Weg bringt. Dafür sind wir gemacht: unterwegs zu bleiben, zu lieben und zu wachsen.

Danke

Das brennende Herz in uns und zwischen uns Menschen bleibt das Geheimnis dieses Logbuches und jeden Lebens. Egal wie windschief dir dein Leben erscheinen mag, wenn du „Ja" sagst zu ihm und es in die Hand nimmst, wird es immer glänzender. Möge dieses Logbuch dir helfen, dein Leben als das größte Geschenk im Universum zu entdecken, Freude daran zu finden und etwas Großes daraus zu machen. Möge dein Herz zu brennen beginnen, für dein Leben, für das deiner Mitmenschen, für die ganze Schöpfung. Ich bin mir gewiss: Es gibt jemanden, der voller Liebe auf dich schaut und nur dein Bestes will!

Danke sagen möchte ich allen, die sich mit viel Zeit, Liebe und Engagement dafür eingebracht haben, dass dieses Logbuch entstehen konnte,

vor allem meinen Eltern Margret und Alfred Wacker, die in schweren Nachkriegszeiten ihr eigenes Leben mutig in die Hand genommen und die meine Geschwister und mich das Leben gelehrt haben. Mein Dank gilt Thorge Grass, Emily Szwan, Paulina Garczorz, Antonia Lott und Mariaklelia Mraja, die dieses Buch aus ihrer jugendlichen Perspektive gegengelesen haben; Frank Stewen, Adelheid Büker-Oel und Sebastian Springob, die mit ihrer pädagogischen Erfahrung auf das Logbuch geschaut haben; Julia Sokol, Julia Arapović, Artemida Golemi, Amela Mraja, Xhesilda Nikolli, Lysander Lott, Victoria Chyra, Viktoria Kosmalla, Dragana Lasica und Martin Reinert, die sich bei den Tutorials engagiert haben. Heinrich Oest, Bernhard Nake, Tomáš Žižkovský, die den Entwicklungsprozess dieses Buches geduldig mitgegangen sind, Berislav Župarić, der das gesamte Buch mit seinen Ideen bereichert und gelayoutet hat. Mein Dank gilt weiter der Erzdiözese Paderborn, die den Druck dieses Logbuches unterstützt hat, und nicht zuletzt Friederike Koller (†), die das Netzwerk go4peace mit ihrem engagierten Leben begleitet und die dieses Anliegen mit in die Ewigkeit genommen hat.

Meinolf Wacker

Über den Autor

Meinolf Wacker, langjähriger Jugendpfarrer des Erzbistums Paderborn und Rektor des Jugendhauses Hardehausen, bringt in diesem Buch Impulse für Jugendliche, die in vielfältigsten Begegnungen mit ihnen gereift sind. Er begleitete junge Menschen auf 20 lokalen und internationalen Weltjugendtagen. Er initiierte den bosnischen Friedensweg „Hände für den Frieden", an dem über 2000 Jugendliche unterschiedlichster Weltanschauungen aus 19 Nationen in Aufbau- und Begegnungscamps teilgenommen haben. Aus diesem Engagement entstanden das Jugendzentrum Ivan Pavao II. in Sarajevo, sowie mehrere Jugendinitiativen in verschiedenen Ländern Europas. Meinolf Wacker ist verantwortlich für das Netzwerk „go4peace", leitet das Projekt „navi4life" und koordiniert in Zusammenarbeit mit jungen Menschen vielfältige soziale Aktivitäten.

navi4life

www.navi4life.de

netzwerk_go4peace

App: go4peace

www.go4peace.eu

info@navi4life.de

go4peace-4you

go4peace in europe

„Christoph Kolumbus hatte eines, auch William Bligh, der Kapitän der Bounty, ebenso Captain Jean-Luc Picard von der Enterprise – ein Logbuch! Gerade junge Menschen haben so viel Kostbares in sich: wahre Einsichten, wertvolle Erfahrungen, mutige Fragen. Während im Smartphone viel Kostbares doch irgendwann im Datenstrom verschwindet, bleibt es im Logbuch erhalten. Wunderschöne Fotos, dichte und lebensnahe Texte laden ein, sich selbst auf die Spur zu kommen und in Austausch miteinander. Bereit für ein Abenteuer?"

Dr. phil. Dipl.-Psych. Tonja Deister, Weinheim

„Mit Beginn unseres Lebens begeben wir uns auf eine großartige Lern- und Entdeckungsreise, die gespickt ist mit großen Herausforderungen, immer neuen Erfahrungen, aber auch Sorgen und Ängsten. Für diese große Entdeckungsreise brauchen wir Stärkung und Begleitung, Anleitung und Orientierung. Wir lernen am besten durch Beziehungsarbeit. Dazu brauchen wir eine starke Beziehung zu uns selbst und Lebensfreunde, die uns helfen, die Fragen an uns und das Leben zu beantworten. Dieses Logbuch ist ein beeindruckendes Medium, um die anspruchsvollen Lebensaufgaben leichter werden zu lassen: der perfekte rote Faden!"

Frank Stewen, Schulfachlicher Dezernent

„Im Dschungel der vielen Möglichkeiten und Unmöglichkeiten von heute den eigenen Weg zu finden, ist für junge Menschen ein herausforderndes Projekt geworden – ihr Lebensprojekt. Immer neu heißt es, auszuprobieren, abzuwägen, sich neu zu entscheiden und ins Ungewisse zu springen. Dieses Logbuch bietet in jugendgemäßer einfühlsamer Sprache Impulse und Leitfragen, die in jedem Leben beantwortet werden wollen, um im (eigenen) Leben anzukommen. Über die QR-Codes werden Erfahrungen junger Menschen eingespielt, die zum Nachdenken anregen – echt, ehrlich und erfrischend. Mein Logbuch – ein Buch, das hilft, dem Leben zu trauen und es zu wagen."

Dr. Franz-Josef Bode, Bischof em. von Osnabrück

navi4life

ein Projekt von go4peace

Verlag Neue Stadt

9 783734 613227